LE

PAYSAN ALBIGEOIS,

POËME.

LE
PAYSAN ALBIGEOIS.

POËME,

LU A L'ACADÉMIE FRANÇAISE,

DANS LA SÉANCE DU MARDI 1ᵉʳ AVRIL 1823,

PAR NÉPOMUCÈNE L. LEMERCIER,

DE L'INSTITUT DE FRANCE (ACADÉMIE FRANÇAISE).

A PARIS,

DE L'IMPRIMERIE DE FIRMIN DIDOT,

IMPRIMEUR DU ROI ET DE L'INSTITUT, RUE JACOB, Nº 24.

M DCCC XXIII.

AVERTISSEMENT.

Les anciens, se réservant le privilége de la liberté, avaient des esclaves destinés à vaquer aux soins domestiques, et exclus de toute participation aux droits des citoyens. Un grand nombre d'Ilotes périt dans les batailles au profit des Spartiates leurs maîtres, sans que ceux-ci daignassent affranchir leurs enfants par reconnaissance de leurs services. On sait que les Romains disposaient de même, en patrons absolus, des bras et des têtes de leurs esclaves, à qui les lois ne permettaient d'exprimer aucune opinion sur le gouvernement.

Les modernes ont eu des serfs qui, réduits par la force au travail de la glèbe, étaient cédés, vendus comme *vétement de la terre*, et traités en bêtes de somme. La mort punissait leurs moindres murmures. Ce droit seigneurial de vie et de mort, suite du code de l'esclavage établi par les aristocraties républicaines de l'antiquité, fut aboli par l'esprit de nos temps que le christianisme, la juridiction royale, et le cours des âges, ont graduellement amélioré : mais il influe encore sur les principes de l'équité humaine, qui a reconnu la corrélation de toutes les parties de la société si nécessairement liées les unes aux autres. Il n'est pas rare d'entendre les chefs des classes supérieures dire encore aux hommes des classes intermédiaires et populaires, lorsque ces derniers veulent entrer dans les intérêts politiques ou civils de l'état : « Cela ne vous regarde « point : ceci ne vous touche en rien : occupez-vous de « votre besogne particulière : de quoi vous mêlez-vous? » Ces phrases bannales, hautaines, et trop souvent répétées, me semblent destructives du zèle qui doit évertuer toutes les conditions sociales, sous un régime représentatif de tous les vœux et de tous les besoins; car, *la chose publique est l'affaire personnelle de la dernière maison comme de la première* *.

* C'est de cette simple maxime que j'ai tiré le développement du petit poëme que je soumets aux lecteurs. Je lui ai donné une forme narrative et dialognée, parcequ'elle est plus propre à frapper l'esprit que celle d'une leçon didactique toujours moins animée et moins facile à garder dans la mémoire.

LE

PAYSAN ALBIGEOIS.

POËME.

Dans les monts de l'Auvergne, ancien lit des volcans,
Que, sur l'amas éteint de leurs laves fatales,
    Remplaçaient des tours féodales
    Et d'incendiaires tyrans,
Semant au loin le deuil et les croix sépulcrales;
Le soleil colorait un château crénelé,
    Massif et redoutable ouvrage,
    Où l'art grossier du treizième âge
    Avait durement ciselé
Des écussons guerriers le góthique assemblage.

Au revers des fossés creusés au pied du fort,
Sous l'arceau d'un portique un pont mouvant s'abaisse:
Il déroule en criant la chaîne qui le presse;
Et s'ouvre à l'escadron d'un vassal de Montfort,
Que des bourreaux d'Albi l'hypocrisie appelle
A servir la fureur qu'elle nomme un saint zèle.
Le preux qui hors des murs s'élance avec transport,
Est le bouillant Olim : son armure rayonne

A l'éclat matinal dont s'allument les feux :
D'un panache azuré son cimier se couronne ;
Chef d'un cortége, effroi d'un peuple malheureux
Sur l'acier, en réseaux, l'or partout l'environne ;
L'éperon d'or qu'il porte ajoute un lustre encor
Aux crins de son coursier qui blanchit un frein d'or.
   L'air étincelle ; et l'espace résonne
Au signal des clairons, aux voix des Troubadours ;
Non ceux dont l'ame fière et la muse aguerrie
Chante la liberté, leur seule idolâtrie ;
Mais ceux dont, pour flatter le mol ennui des cours,
La harpe mendiante, et servile, et flétrie,
Solennise, aux banquets des Jeux et des Amours,
  Les oppresseurs de la patrie.
Olim est fatigué de leur verve apauvrie :
Son adieu conjugal monte au balcon d'airain
D'où pleuvent mille fleurs, tendre et dernier hommage :
  Et la dame du suzerain,
En dévote martyre exposée au veuvage,
Pensant que rien n'est stable et que l'hymen est vain,
A ses beaux yeux en pleurs porte une chaste main,
Et laisse tomber l'autre au front d'un jeune page,
  Consolateur du triste lendemain ;
  Tant la Providence fut sage !

Cependant sire Olim, qu'agite un soin guerrier,
  Prêt à brûler les hérétiques,
Tend une oreille avide aux soufles catholiques

D'un Clerc dominicain, son rampant aumônier.
    Ce prêtre, en croirai-je l'histoire !
Siècles de nos aïeux, faut-il donc vous en croire !
D'un abbé de Citeaux organe proscripteur*,
Aux bûchers des chrétiens fit resplendir sa gloire :
    Du tribunal inquisiteur,
Créature de Rome, il fut le créateur;
Et des traces de sang ont inscrit sa mémoire.
    Des lèvres du saint délateur
Coule en mots pleins de fiel une imposture noire.

Olim apprend de lui qu'un hardi villageois
Plaint dans les bourgs émus le sang des Albigeois;
Qu'incrédule à l'enfer, sa raison qu'on renomme
Croit que le seul remords punit les criminels;
    Que les sanctuaires de Rome
    Ne sont que l'ouvrage de l'homme;
Et que d'un Dieu vivant, ineffable aux mortels,
Le temple est l'univers, les cœurs sont les autels.
On doit à l'hérétique arracher la faucille
Dont sur les vrais pasteurs il tournerait l'acier...
Et quel est cet impie? il hait le fer qui brille
Contre ceux que proscrit un dogme meurtrier :
Il travaille, il laboure un vallon nourricier;
Il relit l'Évangile, et répugne à prier
Pour des chefs immolant la commune famille
    Que la charité dut lier !

    * Foulque.

Ce monstre qu'Olim veut connaître,
C'est Paul, un serf abject, son plus vieux métayer,
Qui trempa de sueurs les guérêts de son maître.

Soudain, le froncement de son sourcil altier
        Ébranle l'escorte homicide
        Qui suit le fougueux Chevalier,
        Piquant les flancs du destrier
        Dont l'emporte l'élan rapide ;
Et sa bannière au loin vole après son coursier.

Il franchit ces sommets dont la chaîne étendue,
Mobile amphithéâtre offert à l'ame émue,
Renferme cent hameaux en des lits de gazon,
S'ombrage de sapins défiant l'aquilon,
Revêt l'émail flottant que réfléchit la nue,
Se transforme, décroît, rentre au sein du vallon,
Et se perd dans l'azur d'un immense horizon.
Par mille échos tonnants la cascade entendue,
Le cours harmonieux des airs et des ruisseaux,
Les hymnes cadencés des amoureux oiseaux,
Rien ne frappe d'Olim l'oreille ni la vue :
A son esprit qu'égare un penchant furieux,
Nature, ta beauté cesse d'être connue !
Aux accords de la terre, aux mouvements des cieux,
Le Fanatisme ardent marche sourd et sans yeux.

Il vole, non moins prompt que l'aigle vigilante

Qui fond d'un haut rocher, rivale de l'éclair,
Et n'a vu que sa proie, au loin déja tremblante,
    Pressentant sa serre tranchante
    Au bruit de ses aîles dans l'air :
Tel, sous l'œil d'un cruel, plus menaçant peut-être,
    Agneau non moins intimidé,
Paul fuit dans un ravin, borne antique et champêtre
Du pacage abondant qu'il avait fécondé,
Et frémit de l'appel qui le force à paraître.
Le jeune front d'Olim de courroux s'est ridé :

« C'est toi, lui cria-t-il, c'est toi, rebelle esclave,
« Qui régis tes patrons par tes doctes avis !
« Ta langue ose excuser la secte qui nous brave,
« Et d'impurs zélateurs justement poursuivis !
« Toi, né parmi les serfs à la glèbe asservis,
« Approchas-tu jamais d'un conseil, d'un conclave ?
« T'admit-on à la cour de mes derniers vassaux ?
« Que valent tes discours ? l'étable et la chaumière
« Doivent cacher vos jours ainsi que vos berceaux.
« L'insecte qui se traîne au rang des vermisseaux,
« Sans se faire écouter, rampe dans la poussière.
« Mon pied peut, en passant, l'écraser sans effort.
« Eh quoi ! la politique, aux princes familière,
« Avec l'esprit du peuple a-t-elle un seul rapport ?
« L'intérêt domestique obscurcit sa lumière :
« Protectrice du faible, elle expose le fort.
« C'est aux ducs, aux prélats, ce n'est pas au vulgaire

« De commander la paix, de proclamer la guerre,
« De mouvoir des états tous les ressorts cachés.
« Que sais-tu? rien. Des lois la science profonde
« N'appartient qu'à l'Église et qu'aux puissants du monde.
« Maudis les novateurs de Sion retranchés
       « Par notre sage intolérance.
« Le pardon endurcit l'aveugle impénitence :
« Sur les gouffres d'enfer avec eux vous marchez.
« Mon glaive que tu crains, mon zèle qui t'effraie
« Des moissons du Seigneur doit extirper l'ivraie.
« Les biens sont, à ce prix, épanchés par les cieux
« Sur les fils des Palais conquis par nos ayeux :
« Et les fils des Hameaux doivent, dans l'ignorance,
« Naître pour nous à l'ombre, et mourir en silence.
« Mais l'artisan plus riche est moins respectueux;
« Déja nos laboureurs, nos bouviers et nos pâtres,
« Échangent le tribut d'un labeur fructueux
       « Pour un savoir présomptueux
« Dont s'infectent nos serfs, de l'erreur idolâtres.
« Eh! que font les rumeurs de vos confuses voix,
« Contre l'autorité des bulles et des lois,
       « Quand leur foudroyante justice
« Atteint ce fier Raymond, ce héros apostat,
« Qui, pieds nus, flagellé par l'ordre d'un prélat,
« Sous un lien de chanvre et couvert d'un cilice,
« De son schisme infidèle abjura le caprice?
« Il retourne à l'erreur! je retourne au combat.
       « Écoute, Paul : qu'il te souvienne

« Que si ton premier fils dans Toulouse a péri,
« En mon cœur fraternel ta douleur fut la mienne :
« Ton épouse allaita mon enfance et la sienne :
«. Ma chapelle à jamais garde son nom chéri.
« Ton second fils encor m'en retrace l'image ;
« Et mes bontés pour lui seront son héritage.
« Sous les drapeaux du Christ je le veux aguerrir.
« Qu'il vienne ; et que sa main joigne à mon équipage
« Ces chevaux aux longs crins que tu viens d'acquérir.

« Adieu ! taille tes ceps ; va presser ton laitage ;
« Émonde tes ormeaux ; donne au bercail ta loi ;
« Et dans les vains accès de ta rustique rage,
« N'insulte qu'aux noyers dont les fruits sont à toi. »
Il dit : et laisse Paul troublé de son passage.

Le métayer, qu'attend son tranquille ménage,
Pensif, rentre aux foyers où sa soumission
Des ordres qu'il reçut répand l'affliction.
La riante Limagne, aux yeux de sa misère,
Se change en solitude, et lui semble étrangère.
Tout homme est sans pays aux jours d'oppression.
Le temps fait succéder les pleurs à sa colère.
Remplaçant les chevaux que lui ravit la guerre,
Ses bœufs, tristes du joug, marchant avec lenteur,
Plongent aux noirs sillons un fer cultivateur :
Du moins vont-ils unis ! mais un joug plus sévère
            Sépare de lui, d'une mère,

Son fils, sans compagnon, pleurant la mort d'un frère!
Il cherche quel désert cache un asyle sûr
Hors des lieux où l'orgueil d'une fausse morale
Poursuit l'agriculteur dans son enclos obscur,
Des princes tolérants condamne le vœu pur,
Et, par un droit céleste, absout avec scandale
        L'assassin couronné d'Arthur *.
Que doit-il croire? il voit sur de coupables siéges
S'affermir des brigands contre le peuple unis,
        Par des pontifes sacriléges
        Des rois régicides bénis,
        Et tous les crimes impunis
        Sceller de divins priviléges.
Ce mystère l'accable; et son cœur résigné
N'ose juger des cours les superbes maximes
Qui détachent son sort de leurs destins sublimes.
Tel frémit un roseau, vainement éloigné
Des hauts chênes luttant sur d'orageuses cimes :
Mais, attirée enfin par ces rois des forêts,
La tempête, en torrents roulant vers les marais,
        L'entraîne aussi dans les abymes.

Ainsi, des pics brumeux qui dominent Clermont,
        Descend la troupe menaçante
        Des zélés vengeurs de Raymond.
Tout fuit des Albigeois la course triomphante.

        * Jean Sans-Terre.

Un long cri d'effroi
Porté jusqu'aux astres,
Répond au béfroi
Sonnant les désastres.
On entend soudain
L'escadron lointain,
Pareil à la foudre,
Sous ses pieds d'airain
Soulever la poudre
Et fondre sans frein;
Des voix lamentables
Suivre à tout moment
Leur hennissement;
Et, déja fumant,
Mugir les étables.
Vaincus et vainqueurs,
De mont en vallée,
Frappent de clameurs
La terre ébranlée.
Un court silence, arrêtant les terreurs,
Semble annoncer le terme des ravages;
Mais le bruit suspendu de nouvelles horreurs
De l'Allier qui gémit parcourt les bords sauvages.
Aux feux atisés
Par des mains infâmes,
Les enfants, les femmes,
Meurent écrasés
Sous les toîts brisés

      Par l'essor des flammes.

      Là, sont embrâsés

      Les trésors des granges,

      Et l'or des vendanges :

      Là, sont arrosés

      Du sang qui ruissèle

      Les fertiles clos ;

      Et, teint de ses flots,

      Le glaive étincelle

      Au pré qui recèle

      Les bêlants troupeaux.

Tout tombe : et même, hélas ! noble fleur des hameaux,

Une vierge modeste, innocemment rebelle

Aux desirs énivrés du barbare soldat,

Expie, en subissant l'atteinte criminelle

      Du glaive qui l'abat,

L'orgueil d'être à la fois aussi pure que belle,

      Et l'honneur d'un chaste combat.

L'écho que ses chansons égayaient sur ces rives,

A d'affreux hurlements mêle les derniers pleurs

De sa mère éperdue et de ses sœurs plaintives,

Loin de leur chaume en feu, victimes fugitives,

      Traînant dans les bois leurs douleurs.

Cette jeune martyre, ô Paul, c'était ta fille !

Absent, tu n'avais pu prévenir les malheurs

De ton propre foyer, de ta propre famille.

Pâle de désespoir, soupirant, isolé,

Hélas! il n'a plus rien à perdre que la vie :
Son ame à tous ses sens déja semble ravie :
    Mais, tout-à-coup, un homme échevelé,
Sans armes, sans coursier, défait, sanglant, livide,
S'écrie : « Ah! sauve-moi d'une foule homicide!
« Paul! cher Paul! ouvre-moi ton réduit reculé.
        « Sois, cher Paul, mon fidèle guide :
« Aide-moi! prête-moi l'ombre de ton grenier,
« Le coin de quelque étable ou d'un obscur cellier.

Paul reconnaît Olim ; et d'une voix terrible :
« C'est toi, lui répond-il, toi, seigneur inflexible,
« Qui voulus que le peuple ignorât ses dangers,
« Et fût de ta démence un témoin insensible,
« Qui reviens au bercail du chef de tes bergers!
« Graces à tes fureurs qui respiraient la guerre,
« Grange, étable, cellier, ai-je rien sur la terre?
« La flamme a dévoré mon toît et mes vergers.
« Quel abri cherchez-vous dans nos maisons rustiques?
        « A vos fortunes despotiques
        « Ne vivions-nous pas étrangers?
« Nous, qu'en bétail muet traita votre arrogance,
« Nous sied-il de prévoir qu'une prompte vengeance
        « Sur vous-même et sur vos vassaux
        « Fait de votre injuste balance
        « Retomber les sanglants fléaux?
« Ce que dit le bon sens n'est-il rien que chimère?
« Dieu révèle pourtant à notre instinct secret

« Que d'une politique aveugle et mensongère

« La vanité des grands est l'unique mystère,

« Puisqu'au jour du malheur son néant apparaît.

« Raymond, que vous fuyez à travers nos ruines,

« Aux cultes fraternels prêta son noble appui :

« Vous imputiez aux vœux que nous formions pour lui

« Des troubles de nos temps les sources intestines.

« Méchants, dont le faux zèle est l'amour des rapines,

      « Nos malheurs, et non les doctrines,

      « Vous condamnent seuls aujourd'hui.

      « Ah ! si ta frénésie altière,

« Écoutant nos soupirs qui présageaient nos maux,

« Eût souffert les avis de ma raison grossière,

« Pour ton salut encor j'aurais une chaumière!...

« Vois sur le sol épars tous ses restes fumants.

« Je n'accuse que toi de ma fatale perte :

« C'est par toi qu'aux vainqueurs la Limagne est ouverte :

« L'équitable retour de leurs ressentiments

« Crut de ta rage en nous briser les instruments.

« Va donc, fier protecteur, vers ceux que tu protéges.

« L'esclave avec son maître a-t-il un seul rapport?

« Réclame en tes périls les secours de Montfort.

      « Allié de ses priviléges,

      « Ton seul digne asyle est un fort.

« Ta délicate épouse, au seul bruit des alarmes,

      « Déserta ses riches lambris

« Sur un char escorté de galants favoris;

      « Et la fuite à ses tendres charmes

« Peut-être a coûté quelques larmes;
« Quand notre sang baignait les malheureux débris
      « De nos foyers en proie aux armes.
« Un pacte lui rendra ton château regretté :
« Et moi, me rendrez-vous les biens de ma famille,
« Et deux fils, et l'amour d'une pudique fille,
« Qu'arracha son courage à la brutalité?
« Vos palais sont debout; et ma cabane, en cendre.
« On plaindra vos chagrins; nous mourrons oubliés.
« Protégez-vous jamais vos serfs humiliés?
« Jamais l'humanité put-elle vous apprendre
        « Quel fut notre juste intérêt
        « Contre l'impitoyable arrêt
« Des croisades de sang qu'on vous fait entreprendre?
« Seriez-vous proscripteurs, si Dieu vous éclairait?
« Va-t-en reconquérir tes splendeurs misérables.
« Adieu! Va loin de nous implorer tes pareils :
« Et laisse un paysan, puni de ses conseils,
        « Pleurer le sort de ses semblables. »

Tels sont au Châtelain ses sévères adieux;
Et tandis qu'il s'éloigne en des routes sanglantes,
L'incendie, embrassant ces déplorables lieux
        Dans ses ailes étincelantes,
En dragon qui rugit s'élève furieux,
Reluit, serpente et fume; et ses langues brûlantes
        Vont toucher la voûte des cieux.

www.ingramcontent.com/pod-product-compliance
Lightning Source LLC
Chambersburg PA
CBHW051445060726
47596CB00006B/2636